1英鎊謀殺案

SHERLOCK HOLMES

大偵探福爾摩斯

1英鎊謀殺案

校園欺凌

「鄉巴仔！你在吃甚麼？」綽號**大肥貓**的

小霸王攔住同班同學**小里奇**，粗聲粗氣地喝問。

「對！你在吃甚麼？快説！」大肥貓的三個

跟班也走過來叫囂。

「我……我……」小

里奇被嚇得渾身發抖，差

點連手上的**棒棒糖**也

握不牢。

「我甚麼！」大肥貓

罵道，「聽不懂正統的**英**

語口音嗎？還是連自己吃

甚麼也不知道呀？傻瓜！」

「我⋯⋯我在吃⋯⋯崩崩糖⋯⋯」小里奇惶恐地低聲應道。

「甚麼？我沒聽懂！」

「崩崩糖⋯⋯」

「甚麼？崩崩糖？」大肥貓向跟班們笑道，「哇哈哈！他說在吃崩崩糖呢！」

「哈哈哈！崩崩糖！崩崩糖！」跟班們大聲和應，「鄉巴仔吃崩崩糖！崩崩崩！吃得牙齒嘣嘣響！」

「哈哈哈！原來在澳洲叫崩崩糖！」大肥貓一手奪過小里奇的棒棒糖，「但在這裏叫棒棒糖啊！明白嗎？叫棒棒糖！」

說着，他伸出大舌頭，用力地**舔**了一下棒棒糖，得意地笑道：「唔！好吃！我糾正了你的**鄉音**，這塊糖就送給我吧！」

說完，大肥貓就領着三個跟班，大笑着**揚長而去**。小里奇哭喪着臉看着他們遠去的背影，感到又驚又怕。

翌日，在放學回家的路上，小里奇又被大肥貓和他的三個跟班攔住了。

「**棒棒糖呢？**怎麼今天不吃了？」大肥貓喝問。

「我⋯⋯」小里奇不知怎樣回答。

「聽不懂正統英語口音嗎？」一個跟班說，「大哥說的是崩崩糖呀！」

「對！崩崩糖！崩崩糖！吃得牙齒嘣嘣響的崩崩糖！」另外兩個跟班又笑又叫。

「我⋯⋯我今天⋯⋯沒有糖⋯⋯」

「甚麼？沒有糖？」大肥貓怒喝，「那麼你拿甚麼來孝敬我？」

「我⋯⋯」小里奇低下頭來，不敢正視小霸王。

「嘿嘿嘿⋯⋯」大肥貓拍了拍小里奇的肩膀，「看在你是同班同學的份上，今天就放過你吧。」

小里奇抬起頭來，兩隻眼睛已害怕得眶滿了淚水。

「不過……」大肥貓冷冷地笑了一下，「你身上有錢吧？可以拿出來給我看看嗎？」

小里奇強忍着不讓眼淚掉下，委屈地把小手插進褲袋中，**戰戰兢兢**地掏出了**2便士**。

「這麼少？」大肥貓怒罵。

小里奇被嚇得退後了兩步，只能害怕地點點頭。

「哼！你老爸沒叫你帶多一點錢傍身嗎？」大肥貓衝前，「**啪**」的一下用力地扇了小里奇**一巴掌**。

「哎喲！」小里

奇失去平衡，慘叫一聲倒在地上。

「鄉巴仔！明天帶多**2便士**來！知道嗎？」大肥貓說完，又領着三個跟班**大模大樣**地走了。

第三天，在小息時，大肥貓搶走了小里奇**4個便士**，並命令：「明天再帶多兩個來！知道嗎？」

第四天，在上廁所時，大肥貓搶走了小里奇**6個便士**，並命令：「明天帶多兩個來！即是8個！知道嗎？」

第五天，在放學回家的路上，小里奇只能拿出**3個便士**，大肥貓狠狠

地把他揍了一頓，並屬聲命令：「下星期一帶**1**個**先令**來！記住！不准對人講挨揍了，知道嗎？否則每天揍你兩頓，揍死你為止！」

小里奇嘴角流血，渾身沾滿了塵土的倒在地上。他看到大肥貓走遠後才敢站起來，拖着顫巍巍的身軀回家。這時，他並沒有注意到，一個高高瘦瘦的男人由始至終在街角看着大肥貓欺負他的情景，其嘴角更浮現出**陰險的**微笑。

「小里奇，你怎麼了？」**哈斯勒**看到渾身**髒兮兮**的兒子踏進家門，不禁訝異地問。

「沒甚麼……我跌倒了……」小里奇怯生生地答。

「你的嘴角還**流血**呢！」哈斯勒慌忙走了過去，用手帕為兒子擦去血跡。

「**啊**……」小里奇不知道怎樣解釋。

「來，快去換衣服吧。」哈斯勒邊說邊為兒子拍去身上的灰塵，「走路時要小心看地面啊，不然就很容易**絆倒**了。」

小里奇點點頭，就回到自己的臥室去了。

哈斯勒看着小兒子的**背影**，心中閃過一下

疑惑。他悄悄地走到後院，向正在修剪花卉的妻子**吉娜**說出了剛才的情況。

「**啊！是嗎？**」吉娜愕然。

她想了想，說：「這麼說來，他星期一放學回來時，嘴角也有一點血跡，我問他時，他也是說摔倒擦傷呢。」

「**有點可疑……**」哈斯勒憂心地說。

「呀！對了，他這幾天還向我要多了零用錢。」吉娜想起甚麼似的說，「本來我每天只給**2便士**，他星期三說要**4便士**，然後是**6便士**，今早更問我拿**8便士**。我問他用來買甚

麼，他又支支吾吾地沒說清楚，我就給了他3便士。他接過錢後，還一臉委屈的上學去呢。」

「唔……」哈斯勒沉思片刻，「看來他受到欺負，有人向他勒索要錢。」

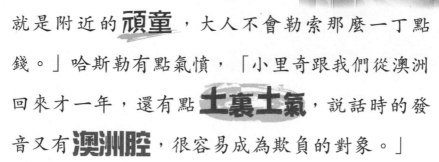

「啊……」吉娜擔心地說，「他受到甚麼人欺負呢？」

「還用問嗎？不是同學就是附近的頑童，大人不會勒索那麼一丁點錢。」哈斯勒有點氣憤，「小里奇跟我們從澳洲回來才一年，還有點土裏土氣，說話時的發音又有澳洲腔，很容易成為欺負的對象。」

「啊……」

「人就是這樣，最愛找跟自己有點不同的人來欺負。想當年我初到澳洲工作，由於口音不

同，也常常被當地人取笑。」哈斯勒**憤憤不平**地說，「不行！我不能讓人欺負小里奇！」

「可是，這是小孩子之間的事，大人出面干涉不太好吧？」吉娜說。

「不！如果只是為了小事爭執打架，大人確實不宜出面。但這是**欺凌**，還涉及**勒索**金錢，我不能不出面！」

「你想怎樣？」

「**我自有辦法**。」

偶遇舊上司

　　兩天後，星期一的早晨，在晨風吹拂下，哈斯勒帶着小里奇上學去。

　　他一邊走一邊說：

　　「記得我教你怎麼辦嗎？」

　　「記得……」小里奇有點害怕地點點頭。

　　「你說給我聽聽。」

　　「**小息時**……不要走近大肥貓……」

　　「還有呢？」

　　「*上廁所時*……要跟着其他同學一起……」

「還有呢？」

「還有……」小里奇往褲袋裏摸了摸，掏出一個先令，**怯聲怯氣**地說，「在回家路上……如果大肥貓問我拿錢，我先說沒有。他再威脅我時……就拿出這個**先令**給他……不過……要故意讓先令掉到地上，讓他自己去撿……」

「很好，你就這麼辦吧。」哈斯勒滿意地點點頭說，「不用擔心，你放學時我會一直跟着你，看到那個大肥貓撿起那個先令離開時，我就會走出來**當場把他抓住**！」

「可是……爸爸……我怕……」

「有爸爸在，你不用怕。」

「我怕他**打**我……」

「不用怕，他看到，就不會打你。」哈斯勒出言激勵，「你放心吧，我會在附近看着你的。」

「你⋯⋯真的會看着我？」小里奇抬起頭來，擔心地問。

「當然囉，你是我的小寶貝呀。」

「你⋯⋯會幫我教訓他吧？」

「傻瓜，我當然會。」

「嗯⋯⋯」小里奇猶豫地點了點頭，看來有點放心了。

兩父子一起去到學校門口，哈斯勒摸了摸小里奇的頭，目送他走進了校門。

下午，放學的鐘聲響起，哈斯勒早已在校門對面的街角監視。學生們**陸陸續續**地走了出來，有的一邊走一邊嬉戲，有的則互相追逐打鬧，完全看不出欺凌就隱藏在這些**天真爛漫**的小學生之中，會忽然撲出來噬咬純真的小孩。

這時，一個弱小的身影從校門走出來了。

「**小里奇。**」哈斯勒心中暗叫一聲，不知怎的，雖然要對付的只是個**小霸王**，他心中竟還有點兒緊張。

小里奇往四周看了看，沒看到父親躲在暗處，只好偷偷地往身後瞥了一眼。然後，就踏着**戰戰兢兢**的步伐朝家的方向走去。

「看他那**誠惶誠恐**的樣子，一定是擔心那個小霸王**攔途截劫**了。不過，為了讓他鍛煉一下膽色，暫時不要讓他看到我。」哈斯勒心中一邊暗想一邊遠遠地跟在兒子的後面。

　　走了幾分鐘，當小里奇轉進一個街角時，一個**小胖子**與三個小童突然擋在小里奇的前面，攔住了他的去路。

　　哈斯勒見狀，連忙加緊腳步往他們走去。

　　他知道，那個小胖子一定就是兒子口中的**大肥**

貓，那三個小童則是他的跟班。這時，他看到小胖子**裝腔作勢**地向小里奇說着甚麼，那三個小童則在旁**得意忘形**地嬉笑。

「怎樣？把  帶來了嗎？」哈斯勒聽到了大肥貓的喝問。同一剎那，他看到小里奇恐懼地往他的方向看了看。他知道，小里奇看到了自己。

「**喂！** 看甚麼？我問你把 錢 帶來了沒有呀！」大肥貓叫得更兇了。

為了看看兒子如何應對，哈斯勒故意放慢了腳步。

小里奇知道父親就在附近，膽子也就大了，他向大肥貓用力地**搖**了**搖**頭。

「**甚麼？沒帶錢！**」大肥貓怒喝一聲，使勁地把小里奇推了一下。

一切正按劇本進行着。小里奇將掏出1個先令遞給大肥貓，但會故意脫手把它扔到地上。哈斯勒想到這裏，就**不動聲色**地一步一步向小里奇他們走去。

然而，出乎意料之外的事情發生了！小里奇並沒有把錢掏出來，反而用力**推開**大肥貓，轉身就走。

「**啊！**」哈斯勒大吃一驚。但他馬上意識到，兒子知道自己在看着，就**鼓起勇氣**反抗了。

「**豈有此理！**竟敢推我！」大肥貓怒喝一聲，衝前一手抓住小里奇。

偶遇舊上司

「糟糕！」哈斯勒知道再不出手，小兒子就會挨揍了。他慌忙加快腳步往他們走去。

然而，同一剎那，一個黑影突然從街角閃出，一手抓住了他。

「馬修斯！別來無恙吧？」一個似曾相識的聲音闖進了他的耳窩。

哈斯勒赫然一驚，往抓住他的人看去——

「啊……」當他看到眼前這個白髮蒼蒼的高個子時，不禁當場呆住了。

「嘿嘿嘿，馬修斯，你不是忘記了你的老上司吧？」高個子笑道。

哈斯勒怎會忘記這個「**老上司**」，就是他，害自己坐了兩年牢，出獄後更被逼飄洋過海，去到人生路不熟的澳洲謀生。

「**君子不念舊惡**，都這麼多年了，你不是把當年的事仍記在心上吧？」高個子仍堆着笑臉。

「**你！**」哈斯勒正想發作時，身後突然傳來一陣喧譁。他慌忙轉過頭去看，原來小里奇已倒在地上，正被大肥貓**拳打腳踢**，那三個跟班則在旁**吶喊助威**，

看得好不興奮。

哈斯勒一手撥開**高個子**，企圖衝去營救兒子。可是，高個子伸出長腿輕輕把他一絆，就把他**絆倒**了。

「你想怎樣？」哈斯勒一個翻身跳起來，憤怒地向高個子吼問。

「你問我？我才想問你！」高個子並不示弱，「一個大男人，想干涉小孩子打架？你不害羞嗎？」

「那個被打的是**我的兒子**！」

「啊？原來是你的兒子？哇哈哈，太巧合了，那個**威風八面**的小胖子是**我的孫兒**呢！」

「甚麼？」哈斯勒驚訝萬分，「**布蘭特！**

既然是你的孫兒，為何還不去制止他！」

「你想我制止他嗎？」

「當然，他正在欺負我的兒子呀！」

「明白了。」高個子一笑，馬上向打得興起的那邊大喝一聲，

「喂！你們在幹甚麼？快住手！」

大肥貓被嚇了一跳，他和三個跟班赫然發現哈斯勒兩人後，馬上一溜煙似的跑走了。

「小孩子不懂事，請多多包涵。」高個子笑盈盈地打量了一下哈斯勒，「馬修斯，你好像發了跡呢！今天遇到你真幸運，改天再來找你聚舊。後會有期！」說完，他就揮揮手走了。

哈斯勒看着「老上司」遠去的背影呆了一

會，才**匆匆忙忙**地跑去扶起仍倒在地
上的小里奇。可是，
小里奇並不領情，他
生氣地**甩開**父親的
手，獨個兒邊哭邊走
了。

　　哈斯勒愧疚地跟在後面，他知道，
小兒子一定是氣他只顧與朋友閒聊也
不**出手相助**，讓他挨了一頓揍。

　　「希望這個小風波很快過去，小
里奇不會把它放在心上吧。」哈斯勒
心中暗自冀望。然而，他這時並
不知道，一個**巨大的風暴**
正悄然襲至，令他的命運一步
一步走向滅亡⋯⋯

病榻上的福爾摩斯

「福爾摩斯先生！有人找你啊！」小兔子「嘭」的一聲踢開大門叫道。

正在閱報的華生被嚇了一跳，慌忙壓低嗓子說：

「噓！輕聲點。」

「怎麼啦？難道福爾摩斯先生沒交租，怕得靜悄悄地躲起來了？」小兔子也壓低嗓子，**煞有介事**地問。

「不是啦，他昨晚外出查案着涼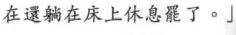，現在還躺在床上休息罷了。」

「**誰發燒？**」

李大猩突然闖了進來，又把華生嚇了一跳。

「觀察啊！你只會**看**，不會**觀察**嗎？」小兔子

老氣橫秋地向李大猩說，「老子沒發燒，華生
醫生也沒發燒，那麼，還有誰發燒？」

「哎呀，一定是**福爾摩斯**啦！怎麼要找他
幫忙時，他就生病啊！」這時，狐格森也走了進來。

「一大早就來，難道有甚麼 **急事**？」華生訝異地問。

「哈哈哈……」李大猩尷尬地 **假笑** 幾聲，「沒甚麼啦，剛剛經過這條貝格街，又想起有點小事，就走上來串串門子罷了。」

「對，哈哈哈……」狐格森也連忙陪笑道，「對，只是 **串串門子**，找他幫點小忙罷了。」

「幫點小忙？幫甚麼？」小兔子好奇地問。

「別 **多管閒事**。」李大猩向小兔子瞪了一眼，「我們是找福爾摩斯，沒你的事。」

「不，反正我閒着，找我吧！我可是少年偵探隊的隊長啊。」小兔子指着自己的鼻子，**不可一世** 地說，「我老爸病了，不論小事、大事、正經事、紅事、白事和大

家的**後事**都由我管啦。」

「大吉利是！」華生罵道，「你**無所事事**，也不要來這裏搞事呀。」

「對，快滾！」李大猩一手揪住小兔子的後領一拋，就把他**摒**了出去。

「其實……」狐格森走到華生身邊，**吞吞吐吐**地說，「我們遇到一個案子非常棘手，想向福爾摩斯請教——」

「不！」李大猩慌忙轉回來搶道，「其實，我們遇到一個**案子**非常有意思，知道福爾摩斯一定會很感興趣，就想請他聽一聽，讓他可以記錄在**犯罪檔案簿**上罷了。」

「哈哈哈……」狐格森刷地又堆起笑臉說，

「對、對、對，他的犯罪檔案實在不能缺少這一起案子呢。」

「真的嗎？那案子真的那麼**棘手**？」華生斜眼看着孖寶幹探，已大概猜到兩人的來意了。

「不、不、不，不是棘手啦。」李大猩有點狼狽地解釋，「只是線索一大堆，卻叫人**不知從何下手**而已。」

「可是，他病了也沒法幫忙啊。」華生聳聳肩，擺出一副 愛莫能助 的表情。

「哎呀，只是發燒罷了。」狐格森滿口恭維，「他可是一位**遇佛殺佛**、**見鬼殺鬼**的大偵探啊！這麼一點小病怎難得了他。」

「對，只是和他談幾分鐘而已，不礙甚麼事。」李大猩惟恐被拒，急忙附和。

「這個嘛……」華生考慮片刻，「好吧，如果福爾摩斯答應的話，給你們**10分鐘**。記住，不能讓他下床啊。」

「哈哈，都説華生醫生夠朋友，我沒看錯呢！」狐格森大喜。

「哇哈哈，華生醫生和我們可是**刎頸之交**，當然不會**袖手旁觀**啦。」李大猩奉承得更誇張了。

華生沒好氣地笑了笑，就領着兩人**躡手躡腳**地往福爾摩斯的卧室走去。

呼嚕……呼嚕……呼嚕……

三人一踏進臥室中，就聽到一陣輕輕的**鼾聲**。

「福爾摩斯睡得很香呢。」華生輕聲道，「我們還是不要打擾他了。」說完，轉身就想走。

「怎可以啊！」李大猩馬上把他攔住。

「對，我們不能**空手而回**呀。」狐格森也說。

「但他最討厭熟睡時被人叫醒。我不想被罵啊。」

「不用**叫**，他也會**醒**的啦。」狐格森說。

「真的？」李大猩訝異。

「不信？看我的。」狐格森說完，**輕手輕腳**地走到福爾摩斯的床前。

李大猩和華生看着，完全不知道狐格森想幹甚麼。

「3鎊。」狐格森湊到福爾摩斯耳邊，輕

輕吐了一句。

「呼……嚕……」福爾摩斯的鼾聲突然拉長了。

「3鎊，不用起床，只是討論一下案情。」狐格森又輕輕說了一句。

「呼……呼嚕……嚕……」鼾聲的節奏明顯被打亂了。

「怎樣？」狐格森問。

「呼……嚕（NO）。」

「甚麼？不行嗎？」

「嚕（NO）。」福爾摩斯一個轉身，翻到另一邊去。

「豈有此理，竟然乘人之危。」

狐格森氣極，「算了，**4鎊！** 怎樣？」

「呼……**嚕嚕嚕**（NO、NO、NO）。」

「甚麼？還不行嗎？」

「呼……」這時，福爾摩斯緩緩地舉起一隻手，伸出了5根手指。

「**甚麼？5鎊！**」狐格森心有不甘，但也只好同意，「算了！5鎊就5鎊吧。」

華生和李大猩雖然知道福爾摩斯非常貪錢，但看到他**迷迷糊糊**地發着高燒仍不忘講價，也不禁被氣得幾乎反了白眼。

「有甚麼想問，就快問吧。」福爾摩斯半睜眼睛，**有氣無力**地說，「只限

10分鐘，超時另外收費，**1分鐘1鎊**。」

「哇！好貴啊！」狐格森大吃一驚，趕忙說，「是這樣的，**上星期二**，即是**6月6日**，在市郊附近的**雷克曼小鎮**上發生了一起命案，受害人名叫**賈米森**，他一個人死在自己的房子中。」

說着，狐格森**巨細無遺**地道出了他和李大猩已掌握的線索。

兇案現場

① 兇案現場的房子是一棟**2層高**的獨立屋，位於一個僻靜的樹林當中，四周都長滿了高大的**樹木**。

② 年約60歲的受害人死於**1樓**的**卧室**。他仰卧地上，頭向着**反鎖**了的房門，腳則朝向扣緊了的窗口。那是個開窗時要把窗門往上推的**直式立窗**。

③ 他的**額頭**和**面部**有多處被又硬又尖的東西重擊過的**小傷口**。驗屍後證實，他是死於頭骨

爆裂及頸骨折斷。但臥室內並無留下兇器。

④ 屍體是女傭 **帕羅特夫人**

在當天早上11時發現的,她每

天都在那個時候去打掃和做飯。此外,她有大門

和臥室的鑰匙,證明兩者的門都 **反鎖** 着的。

⑤ 家中最值錢的東西是

一個 **留聲機**,由於找到

單據,得悉是上個月頭才

買的。奇怪的是,據店員

說,受害人是以一疊 **1英**

鎊鈔票 付款的。

⑥ 不過,在其外套的口袋

中也找到 **20張** **1英鎊** 的

鈔票。受害人好像喜歡用小面額的鈔票。

⑦ 在調查他的財產時,得知兇案現場的那所房

子是他半年前租下來的。但是，不要説銀行存款，他連 **銀行戶口** 也沒有。

⑧ 他沒有工作，也沒有甚麼朋友，帕羅特夫人説從未見過有人找他。但他 **每個月的第一個星期一** 準會去倫敦一次，風雨不改。

⑨ 帕羅特夫人為受害人工作了差不多半年，説他為人風趣幽默，除了有時喜歡去 **酒吧** 喝得醉醺醺外，並無不良嗜好。

聽完狐格森的描述後，福爾摩斯閉上眼睛沉思片刻，説：「唔……這是典型的 **密室殺人事件** 呢。」

「是啊。」李大猩說，「沒有**鑰匙**的話，大門和房門都無法從外面打開。而且，臥室的惟一一扇窗是被**扣**死了的，也不能從外面打開。所以，可說是百分之一百的**密室**。」

「對，就算能打開窗，房子內外都沒有長梯，窗外又沒有水管之類可供踏腳的地方，一般人是沒法從外牆攀進室內的。真不知道兇手**如何行兇**，也不知道**動機**是甚麼。」狐格森補充道。

「**1鎊。**」福爾摩斯輕輕吐出一句。

「甚麼？還未夠10分鐘啊！這麼快就加錢了？」狐格森抗議。

「**不。**」福爾摩斯在枕頭上挪動了一下

脖子，仍閉着眼睛說，「我說的是那些**1鎊鈔票**。」

「1鎊鈔票又怎樣？有甚麼意思？」李大猩緊張地問。

「那些**鈔票**是關鍵，已道出了兇手的**犯案動機**。」

「甚麼動機？」

「**勒索！**」福爾摩斯突然睜開眼睛，在了無生氣的瞳孔下閃過一下寒光，「那些1鎊鈔票已證明，這是一宗**勒索案**。死者貪婪過度，

結果**死於非命**！」

「為甚麼這樣說？」華生問。

「首先，我們必須先問以下幾個問題。」福爾摩斯說。

①死者買留聲機時，為何以一疊**1鎊鈔票**付款？

②他口袋中的20鎊現鈔，為何也是面額 **1鎊的鈔票**？

③死者沒有工作、沒有存款和銀行戶口，他的 **錢從何來**？

「啊……」李大猩想了想，「你的意思是，他的錢是勒索得來的？」

「沒錯。」

「但也可能是**親戚朋友**接濟呀。」華生

提出異議。

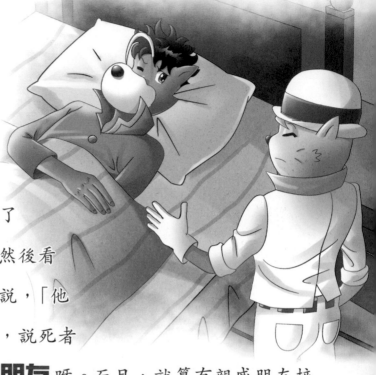

「你剛才沒留心聽嗎？」福爾摩斯半開的眼睛瞅了華生一眼，然後看着孖寶幹探說，「他們已調查過，說死者**沒有甚麼朋友**呀。而且，就算有親戚朋友接濟，為何只給他面額1英鎊的鈔票呢？」

「可是，如果是勒索的話，死者也沒有必要只收 **1鎊的鈔票** 呀。」華生並不服氣，繼續挑戰老搭檔的推論。

「嘿嘿嘿，說得好！死者確實沒有這個必

要，可是，對**被死者勒索的人**來說，或許就有這個必要了。」

「為何這樣說？」狐格森問。

「因為，被勒索者一定有甚麼**把柄**給死者抓住了，必須確保死者收到掩口費後也低調地生活。」福爾摩斯說，「因此，死者如使用面額大的鈔票會太過**張揚**，令人懷疑沒有收入的他何來大鈔。反之，小面額的1鎊鈔票就不會**惹人注目**了。不過，被勒索者卻沒料到，以小面額的鈔票去買留聲機這類貴價物品卻**弄巧成拙**，反而引人懷疑。」

「唔⋯⋯你這麼說的話，確實有道理。」華生點點頭，但仍不放

棄質疑，「但單憑這一點，也不能**一口咬定**

這是一宗因勒索引起的謀殺案啊。」

　　「嘿嘿嘿，你以為我單憑這一點就作出這個

推論嗎？」

　　「啊？難道還有**其他線索**？」李大猩着急

地問。

　　「沒錯！」福爾摩斯突然「嗖」的一聲舉起

食指説，「**1鎊！**」

　　「1鎊？甚麼意

思？」狐格森不

明所以。

　　「超時1分鐘，加

收**超時費1鎊**呀。」

　　「哎呀！」狐格森

大吃一驚，「別再

拐彎抹角拖延時間，快說出你發現的其他線索吧！」

「死者的傭人發現他的屍體時，是**6月6日上星期二**，又說他每個月的第一個星期一準會去倫敦一次。這——其實是一條非常**決定性的線索**呀！」

「甚麼意思？快說！」狐格森惟恐又再超時，慌忙催促。

「**6月5日**是6月的第一個**星期一**，就是說，死者當天去過倫敦。他在**6月6日**卻慘遭毒手，而口袋中留下了20張面額1鎊的鈔票。這正好表明，他去倫敦是為了收取**勒索款**。」說到這裏，福爾摩斯的眼底突然寒光一

閃，「也就是說，死者的勒索並不是一次性的行為，而是**長期**和**定期**的苛索。他每個月頭的星期一去倫敦，就像上班族在月頭**領薪水**那樣，是為了去領取勒索款。這對被勒索者來說，那是看不到盡頭的負擔，**心理壓力**之大可想而知！」

「啊……」華生說，「所以，被勒索者在沒法承受這個壓力下，就動了殺機，製造出這起**密室殺人事件**了！」

「對……」這時，福爾摩斯彷彿已用盡了氣力似的，緩緩地閉上眼睛說，「不過……我並不明白，兇手如何……在密室殺人呢？更重要的是，**他為何要在一個……密閉的空間殺人呢？**」

聞言，李大猩和狐格森也不禁歪起頭，説不出個所以然來。

摩天輪上的勒索

哈斯勒在院子裏一邊喝着咖啡，一邊裝作**若無其事**地看着早報。不過，就連他自己也感覺到拿着咖啡杯的右手在微微顫抖。他悄悄

地從報紙後伸高頭，往忙於打理花園的妻子瞥了一眼。

「看來吉娜並無察覺我這幾天的異常。」哈斯勒放下**心頭大石**，又悄悄地把視線移回報紙上，急急掃視版面上的報道，「唔……？這版沒有……」

他輕輕放下咖啡杯，**不動聲色**地翻到下一版去。

「這版也沒有……」這時，他已感到有點兒**口乾舌燥**，不由自主似的再翻到下一版去。

「啊……這版也沒有……」他「**咕嘟**」一聲吞了一口口水，猶豫了片刻，才能鼓起勇氣翻到下一版去。

「這版不會……」他的視線在報紙上遊走，突然，版面角落的**兩行小標題**闖入眼簾，驚

地，他感到心臟已怦怦作響！

小標題寫着：「**雷克曼離奇命案，老人命喪密室**」。

不一刻，他感到一陣暈眩，眼前的報紙已變得一片模糊，一幕幕與**布蘭特**交手的場面霎時在腦海中閃現……

「上次在孫子的學校附近碰到你後，我已做了盡職審查。」布蘭特一邊拉開**摩天輪**吊廂的門，一邊走進去坐下來說。

「**盡職審查**……」

聽在耳裏，哈斯勒感到既熟悉又陌生。這是他與布蘭特一起在銀行工作時常用的詞語。他們貸款給客戶前必須做的第一件事，就是「盡職審查」，簡單來說，就是了解客戶的**底細**和**財務狀況**。否則，把錢借給沒能力還的人，貸款就會變成壞賬了。但他知道，布蘭特說的，是指對自己已做了**徹底的調查**。

哈斯勒一邊想着，一邊在布蘭特的對面坐了下來。這時，驅動摩天輪的機械發出了**咯噔咯噔**的聲響，吊廂同時也搖搖晃晃地緩緩升起，令哈斯勒本來已**忐忑不安**的心情更沒底了。

「我知道你住在**馬切街77號**[*]，之前在澳洲做**林木生意**，發了大財，身為你的舊上司，真的要衷心恭喜你呢。」布蘭特說着，嘴角泛起一絲狡黠的微笑，「可是，我沒你那麼幸運，離開銀行後，一直找不到好的工作，現在更**居無定所**，只能做些散工糊口，生活得很艱難啊。」

「你不必**妄自菲薄**啊。」哈斯勒打量了一下這位舊上司的裝束，「你穿得比我還光鮮，怎會生活得很艱難呢？」

「嘿嘿嘿，這套西裝是不可或缺的**行頭**啊。」布蘭特自嘲地一笑，「我已一把年紀，你以為我做的**散工**是甚麼？到碼頭去幹重活嗎？

就算人家願意請我，我也**有心無力**呢！」

嘰……嘰……嘰……

　　吊廂一邊輕輕地晃動着，一邊發出了齒輪滑動的噪音。

　　「那麼，你的散工是甚麼？」

　　「嘿！還能是甚麼？當然是**偷拐搶騙**中最不花氣力的活兒。」

「你指的是⋯⋯」哈斯勒沒説出來，因為他已猜到了。那是害得自己蒙受兩年**牢獄之災**的「**騙**」。

「嘿嘿嘿，猜中了吧？沒錯，就是『**騙**』。」布蘭特説到這裏，以探視的眼神瞄了一下哈斯勒，「但遇到你後，我**幡然醒悟**，知道不該再幹那些**傷天害理**的事情，決定**金盆洗手**。」

「是嗎？」哈斯勒語帶譏諷地説，「你的醒悟雖然遲了一點，但總比**執迷不悟**的好。」

「啊！你也贊成嗎？太好了！」布蘭特裝出一個驚喜的表情，但對哈斯勒來説，這個表情太誇張了，顯得有點假。

喂⋯⋯喂⋯⋯喂⋯⋯

在齒輪滑動的噪音下，兩人互相盯着對方，陷入了沉默之中。

「不過⋯⋯」布蘭特打破沉默，冷冷地一

笑，「不再幹那些**犯法勾當**的話，得請你幫

幫忙呢。」

突然，吊廂劇烈地**一晃**，

嚇得哈斯勒心裏**慄然一驚**。

他這時才察覺，他們的吊廂已

越過摩天輪的最高點，正要往下

降落。布蘭特寫信約他來這個遊

樂場見面時，他的內心已有一個

不祥的預感。看來，這個預感是正確的。

「幫忙？幫甚麼忙？」

哈斯勒定一定神，問道。

「*嘿嘿嘿*，沒甚麼。」

布蘭特捋了一下白花花的鬍

子，說，「我想你念在一場

同事的份上，能不能**慷慨解囊**罷了。」

「慷慨解囊？甚麼意思？」

「說白了，就是一丁點兒生活費，住啦、吃啦之類。」布蘭特**恬不知恥**地笑道，「別擔心，老人家，吃不多，住嘛，將就將就，鄉郊小屋也行。」

哈斯勒沉思片刻，語帶怒氣地問：「如果我說不行呢？」

「**哈哈哈！**」布蘭特假笑幾聲，「你不會的。你想看着老上司一直以行騙為生嗎？**上得山多終遇虎**，我總有一天會被警察抓個正着，到時想找個肯為我保釋的人也沒有啊！」

「怎會？你不是有個霸氣十足的外孫嗎？萬一被捕，你的女兒可以當你的**擔保人**呀。」

哈斯勒記得布蘭特有個女兒，常欺負自己兒子

的那個**小霸王**就是他的外孫。

「我的女兒嗎？很可惜啊！」布蘭特搖頭歎道，「當年詐騙銀行的買賣**東窗事發**後，我雖然僥幸脫罪，但已弄得**妻離子散**。小女已跟我脫離了父女關係，為了不讓她難做，我連看望孫兒也不敢走近呢。」

「我很同情你，但這是**因果報應**，就像我為詐騙銀行一事坐了兩年牢那樣，必須為自

己作的孽**付出代價**。」

「對！你説得對！我們都得為自己作的孽付出代價！」布蘭特突然提高聲調亢奮地應道，「所以，如果我不幸被抓，就會老實地向警方懺悔，**一五一十**地説出近況。例如，最近遇到一位名叫馬修斯的舊部下，我還趁機向他敲詐勒索呢！用甚麼來敲詐？當然是他**真實的過去**啦。」

「你！」哈斯勒身子一挫，作勢要**一躍而起**。但同一瞬間，吊廂也劇烈地**搖晃**了一下，令他急急地坐回椅上。

「嘿嘿嘿，怎麼了？想把我從摩天輪上**拐**下去嗎？

夠膽的話就**動手**吧。我約你在這麼高的地方見面，一是不想別人聽到**我們的秘密**，二是要試探一下你，看看你有沒有把我扔下去的**膽色**。」

哈斯勒聽到布蘭特說得這麼狠，不知怎的，反而一下子就冷靜下來了。

「啊！非常抱歉。我一想到要向警方懺悔，就控制不了情緒。」布蘭特**假惺惺**地道歉。

「你有甚麼要求，請說吧。」

「啊！太感謝你了！」布蘭特得意地笑道，「我不苛求，你只須給我租一所**小房子**，每個月再給我**10萬**生活費，我就不必再去幹不法的勾當，你亦可**高枕無憂**。真的是各取所

需、**一舉兩得**啊。你說，是不是？」

這時，**咯噔咯噔**的機械聲又響起，哈斯勒知道，摩天輪快要停下來，他們的吊廂也快要回到地上了。

「怎樣？」布蘭特催促，眼底已閃現著**惡意**。

「好吧。」哈斯勒心中評估過風險後，以不容反悔的語氣說，「但是，你得守住我們之間的秘密，不得向任何人透露**我的過去**。此外，也不要再寫信給我，更不要到我家找我。我們彼此並不認識，我已不是去澳洲之前的**約翰·馬修斯**。我叫**斯圖爾特·哈斯勒**！」

「這個當然！我也不是當年的我，我現在叫

塞謬爾·賈米森。你認識的布蘭特——」

布蘭特一頓，亢奮地說，

「**已死了!**」

「咔噔」一聲傳

來，他們的吊廂已

卡在地面的防滑器

上，停了下來。

這時，布蘭

特沒料到，他

就在那一刻，

確實——**已**

死了!

貪得無厭

　　一個星期後，哈斯勒要求布蘭特搬去鄉郊居住，理由是要布蘭特**低調地生活**，以免暴露以前的身份。

　　布蘭特覺得有道理，順從地答應了這個要求。他在哈斯勒的指示下，在倫敦的鄉郊小鎮**雷克曼**租了一幢2層高的小房子。那兒位置偏僻，房子又座落於一個**樹林**中，除了附近的村民之外，很少人會經過那裏，是個**遺世獨立**的好地方。

其實，當年出獄後，哈斯勒為了避開親朋戚友的白眼，就曾搬到雷克曼住過半年，直至找到門路去澳洲重新做人為止。所以，他對這個鄉郊小鎮相當熟悉。不過，他叫布蘭特搬去雷克曼時，並未動殺機，他只是想找個熟悉、但又與自己沒有甚麼關聯的地方而已。

在布蘭特搬進小房子前，哈斯勒與他約法三章：

「第一，請你記住，如非萬不得已，我們儘量不見面。」

「沒問題，但我怎樣收錢？」布蘭特問。

「很簡單。每個月第一個星期一的下午1點半，我會把一個內有

10鎊的信封，放在**維多利亞火車站**公廁內的一個抽水馬桶後面，你在差不多的時間去拿就行，但別太早也別太遲。」

「**抽水馬桶後面嗎？**虧你想得出在那種地方交收呢。」布蘭特語帶戲謔地説。

「第二，為免你用錢時引人注目，我付的全是**面額1鎊的鈔票**。」

沒問題，是錢就行了。

「沒問題，是錢就行了。」布蘭特聳聳肩，「那麼，第三又是甚麼？」

「第三，千萬不要再幹**犯法**的勾當，以免被捕。」

「嘿嘿嘿，這個你放心，有錢花還用冒險犯法嗎？況且我也不想一把年紀去坐牢啊。」

「那麼，這裏是**10萬**，請收下吧。」哈斯勒把第一筆錢遞上，並再三提醒，「下一筆，記住要在下個月頭去剛才說的指定地點領取啊。」

「**得啦，得啦。**」布蘭特舔了舔手指，貪婪地數了數。

數完後，他**心滿意足**地把錢塞進口袋中。不過，他又歪着腦袋想了想，然後**齜牙咧嘴**地笑道：「嘿嘿嘿，我也有**一個條件**，看看你可否答應。」

「甚麼條件？」哈斯勒警戒地問。

「關於我的**孫兒**。」

「孫兒？此事與你的孫兒有何關係？」

「說實在的，其實沒有甚麼關係，只不過——」布蘭特突然面色一沉，**目露兇光**地說，「你知道，我就只有這麼一個可愛的孫兒，你不可因為我們的事而**遷怒**於他。小孩子們的事，就由小孩子自己去解決。要是你插手，

讓我的孫兒挨揍或不開心，那麼，我和你的協議就**一筆勾銷**！」

「你……！」哈斯勒**滿腔怒火**，卻不敢發作。

及後，哈斯勒暗中調查，得悉布蘭特收了錢後，馬上聘用了在附近居住的帕羅特夫人當女傭。他閒時獨個兒外出釣釣魚，或者走去看看綽號大肥貓的外孫怎樣欺負同學。他過得相當愜意，並沒有來找麻煩。

第二個月的第一個星期一，哈斯勒把錢放在指定地方，布蘭特也依約來取。一切風平浪靜，兩人河水不犯井水，看來相安無事。不過，叫哈斯勒耿耿於懷的是，每天只能眼睜睜地看着小里奇上學時那孤獨無助的背影，自己卻無法施以援手。

「小里奇，你忍耐一下吧。」哈斯勒心痛地叨念着，「爸爸對不起你……爸爸對不起你……」

第三個月風平浪靜地過去了……

第四個月的第一個星期一，平靜的水面突起波瀾，當哈斯勒如常到維多利亞車站把錢藏好後離開時，卻被突然閃出的布蘭特攔住了。

哈斯勒給嚇了一跳，慌忙把布蘭特拉到一旁，不滿地壓低嗓子問：「怎麼了？不是説好不要見面的嗎？」

「嘿嘿嘿，別那麼緊張嘛。」布蘭

特**嬉皮笑臉**地説，「今天有點特別的事，要親自找你商量一下罷了。」

「特別的事？甚麼事？」

「**呵呵呵**，沒甚麼。」布蘭特狡猾的眼睛眨了眨，「我呆在雷克曼那所小房子已幾個月，快要**悶死**了啊。可以的話，想到外面旅行幾天，閒時也想到鎮上的音樂廳聽聽音樂。呵呵呵，就是這個意思。」

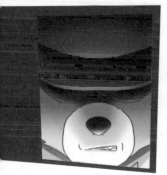

哈斯勒盯着眼前的舊上司，心中充滿了怒氣，但他知道不能與這個可恨的傢伙**反目**，只好冷冷地問：「你的意思是，想要多些錢嗎？」

「你真**善解人意**，就是這個意思。」布蘭特**厚顏無恥**地笑道。

哈斯勒低着頭看了看四周，知道沒有人注意到他們後，就從口袋中掏出錢包，抽出 **10張1鎊鈔票**，匆匆塞到布蘭特手上去。

「這是今個月額外給的，你省着用！」哈斯勒壓制着怒氣，好不容易才**擠**出這句說話。

「嘿，我不客氣了。」布蘭特**咧嘴一笑**，「謝謝你，你真**念舊**，對我真好。我會記在心上的。」說完，他輕巧地一個轉身，就頭也不回地走進了火車站的公廁中。

哈斯勒看着他那狡猾的背影，突然感到脊骨裏透出一股**涼意**，令他全身打了一個{寒顫}。

他**誠惶誠恐**地度過了第四個月後，在第五個月的第一個星期一，可怕的事情又發生了。這次，布蘭特又像上次那樣，待哈斯勒從公廁出來後就把他攔住，並**獅子開大口**——

「在那所孤零零的小房子裏生活實在太苦悶了，我可以要一台**留聲機**嗎？你知道，我沒有甚麼嗜好，只會聽聽音樂。但常常去音樂會實在太花錢了，你上次不是說要**省錢**嗎？留聲機好啊，買回來就可以在家中盡情地聽，聽一

個月就回本。你明白吧？我是為你省錢啊。」

事到如今，已別無他法了。哈斯勒只好默然地點點頭，**木無表情**地應道：「明白了，但我現在身上沒那麼多錢，你明天再來取吧。錢照樣放在舊地方。」

「啊！真爽快，能有你這樣的舊下屬，我真是**三生有幸**啊。」布蘭特說完，就**喜氣洋洋**地走進了火車站的公廁。

「豈有此理！你這個老傢伙真是**貪得無厭**，我——」哈斯勒氣得在心中大叫。可是，到了最後關頭，就算在心中，他也沒有勇氣說出——**殺了你**！

哈斯勒明白，他自己最怕看到**血**，連殺一隻雞也不敢，又如何去殺一個人呢？可是，就這樣下去嗎？布蘭特一定會**得寸進尺**地加碼，一年半載之後，他也未必能負擔得起他的**苛索**啊。

怎麼辦？怎麼辦？

當他帶着**惶恐不安**的心情回到家門口時，小里奇正好也**一拐一拐**地回來了。

「小里奇，你的腿怎麼了？」哈斯勒訝異地問。

「我⋯⋯摔跤了⋯⋯」小里奇避開父親的線視，怯怯地答道。

「讓我看看。」哈斯勒蹲下來，翻開了小里奇的褲筒看。

「啊！」一看之下，他不禁大吃一驚。小里奇的小腿**又紅又腫**，很明顯是毆打造成的。

「難道⋯⋯又是那個**大肥貓**？」哈斯勒拉着小里奇問。

「不！是摔跤撞傷的！嗚⋯⋯你不用管！是摔跤撞傷的！*嗚⋯⋯嗚⋯⋯嗚⋯⋯*」小里

奇**哭哭啼啼**地掙脫父親的手，拖着腿**一拐一拐**地跑走了。

「**豈有此理！**……我可以忍受你的苛索……但不能讓小里奇受苦……**我不能！我不能！**」哈斯勒兩眼突然佈滿血絲，像一頭**猙獰的猛獸**般壓着喉頭咆哮。

兇案現場的窗戶

　　數天後，病癒的福爾摩斯與華生和孖寶幹探一行四人，來到了四周鬱鬱蔥蔥、被樹林包圍的一棟2層高的小房子前。

　　「我臥病在床時，明明已指出這是一宗勒索案呀。怎會仍然一點進展也沒有呢？」福爾摩

斯有點不滿地向李大猩和狐格森問道。

「不是一點進展也沒有啊。」

狐格森慌忙説，「經過深入調查

後，我們知道死者**賈米森**的真

名叫**布蘭特**，以前是**倫敦**

皇家銀行會計部的職員。」

「對！」李大猩補充道，「還有，他當年在

銀行任職時，曾牽涉一宗**虧**

空公款案。他最後雖然得

以脫罪，但也沒法在銀行呆

下去，只好辭職離開。」

「是嗎？是多少年前

的事了？」

「15年前，當時他45歲，是**會計部**的高級

職員。」狐格森説。

「那麼，他離開銀行後，靠甚麼維生？」華生插嘴問道。

「在幾家小公司當過會計，但由於手腳不太乾淨，在每一家都幹不長，很快就被辭退。」李大猩說，「他這幾年居無定所，生活相當潦倒，還涉及幾宗小騙案，但都是由於證據不足，沒有被檢控。」

「唔……」福爾摩斯抬頭看了看房子1樓上那扇緊閉着的窗戶，然後又轉過身去仰望着兩株比小房子還要高

的**大樹**，若有所思地説，「他這幾年要靠 **行** **騙度日** 嗎？但半年前卻有錢租下這所房子，上個月還購進一部留聲機。這些都足以證明我的推論沒錯，他一定是向人勒索，最後招來 **殺身之禍** 。」

「是的，從他的**背景**及**近況**來看，你的推論確實沒錯。」狐格森點點頭說。

「對了，你們不是說過，死者的女傭帕羅特夫人曾提及他喜歡**喝酒**嗎？」福爾摩斯問，「那麼，你們有沒有去他喝酒的地方查過一下？」

「哎呀，當然去過啦。」狐格森說，「我們走遍鎮上的**酒吧**，找到了一家他最近常去的，可惜的是，除了一個地名外，沒打聽到甚麼。」

「地名？甚麼地名？」福爾摩斯問。

地名？
甚麼
地名？

「**奧克斯肖特**，酒保說死者曾兩次提及這個地

奧克斯
肖特。

方。不過，死者為何會提及它，那名酒保卻記不起來了。」

「唔……奧克斯肖特在倫敦市郊，是個**清靜的小鎮**。死者沒有甚麼朋友，卻兩次提及這個地方，為甚麼呢？」福爾摩斯沉吟。

「哎呀，只是一個**地名**罷了。我們先進去看看，再討論吧。」李大猩用鑰匙打開了小房子的大門，「地下是廚房和飯廳，擺設很簡樸，大概是因為房子是租來的吧，死者沒心思花錢去裝飾，我們也找不到有用的**線索**。」

「是嗎？」福爾摩斯跟着李大猩走進屋內，然後在**廚房**和**飯廳**走了一圈，從灶頭到地板都仔細地檢視了一遍。

「沒甚麼發現吧？」華生問。

「沒有。」福爾摩斯搖搖頭說，「確實沒甚麼值得注意的東西。」

於是，李大猩領頭，一行四人登上**1樓**，走進了兇案現場——**死者**的**臥室**。

華生看到，地上有一個用粉筆畫出來的人形，顯示死者**伏屍的位置**。此外，他立即也注意到，一台放在矮櫃上的**留聲機**。它在簡樸的

陳設中，顯得格外突出，與整個房間並不協調。

「就是這個用一疊 **1英鎊現鈔** 買的留聲機嗎？看來是最新款的呢。我有一部就好了，可以一邊聽音樂一邊睡覺呢。」華生羨慕地説。

「邊聽音樂邊睡覺？」李大猩 不以為然，「睡覺時不是最緊要清靜嗎？音樂那麼吵耳又怎會睡得着？我才不要呢。」

「嘿，**吃不到的葡萄是酸的**，你怎會因為吵耳而睡不着啊。上次與你一起乘火車出差，好大的 噪音 也沒把你吵醒呀。」狐格森説。

「好大的噪音？究竟是甚麼？」

「你自己的 **鼻鼾聲** 呀！呼嚕呼嚕的吵得 **震天價響**，比起隆

隆的火車聲還要吵呢！」

「傻瓜！**打鼻鼾**不是證明我已睡着了嗎？睡着又怎會聽到自己的鼾聲！」李大猩生氣地反駁。

「怎會聽不到？你有一次睡着了**放屁**，不是被自己的響屁吵醒了嗎？」

「甚麼？我睡着放屁？睡着了又怎會放屁！你**胡扯亂說**，簡直就是放屁呀！」

兩人**各不相讓**，你一言我一語，眼看快要吵得打將起來，就在這時，突然「**啪嗒**」一聲響起，把兩人嚇得馬上停住了。

「**甚麼聲音？**」李大猩緊張地問。

兇案現場的窗戶

「你們吵完了嗎？」福爾摩斯站在**窗邊**沒好氣地說，「每次查案都為**雞毛蒜皮**的小事吵架，這樣又怎會找到線索啊。」

「啊？難道你有發現？」狐格森期待地問。

「還用說嗎？」福爾摩斯指着身旁的**窗**說，「你們不是說過，案發後這扇**窗**是緊閉着的嗎？也是由於這個緣故，你們就定性這是一宗**密室殺人事件**，對吧？」

「對呀！」李大猩應道，「除了那扇窗外，

這卧室的門也是 **反鎖** 的。」

「是嗎？那麼，你們看着。」說完，福爾摩斯扳開窗下的 **鎖扣**，把下半扇窗往上一拉，拉開一條縫後，再用雙手用力往上一推，就「咔嘞」一聲把半扇窗推到上面去了。

「那又怎樣？」李大猩不明白大偵探的用意。

突然，福爾摩斯把托着窗子的手一縮，那扇窗急速墜下，「啪嗒」一聲又 **關** 上了。

「明白了嗎？」福爾

摩斯問。

「明白甚麼？」狐格森摸不着頭腦，「那扇窗是壞了的呀，推上去後當然會自動掉下來啊。」

「對，女傭帕羅特夫人說那扇窗早已壞了，維修工人還沒空來修理罷了，沒甚麼好懷疑的啊。」李大猩說。

「嘿嘿嘿，是嗎？」福爾摩斯冷冷地一笑，指着窗子下方的鎖扣說，「這是彈簧式鎖扣，一按一拉就能把

它解開，非常方便。不過，如果把窗推到上面後會自動掉下來的話，鎖扣在撞擊下就會彈開，然後又自行扣在窗底的扣座上了。」

「啊……」華生想了想，**恍然大悟**地說，「我明白了！兇手可以在室內行兇後，推起窗子逃到外面去。由於被推起的窗子會掉下來**自動扣上**，看起來就像一個**密室**了。」

「沒錯，看起來像一個密室，但實際上卻不是一個密室。」

李大猩慌忙走到窗前，推起窗子探頭到外面看了看，說：「可是，這裏距離地面有**十多呎**高，兇手**跳窗**逃走的話，隨時會把腿也**摔斷**啊。」

「對面有一株大樹，會不會躍到樹上去再逃走？」狐格森問。

「哎呀，那株大樹距離這扇窗也有**十多呎**，

兇手又怎可能躍得那麼遠啊！」李大猩沒好氣地說。

「是的，跳下去會摔斷腿，躍到樹上又不可能，那麼，兇手是怎樣通過這扇窗逃脫的呢？」福爾摩斯皺起眉頭，陷入了沉思。

屋前的大樹

　　「咦？」這時，華生注意到牆上掛着一個

月曆，就走過去翻了翻。

　　「我們已看過那月曆了，除了在**3月**那頁上

寫着**69.3D**外，甚麼也沒有啊。」狐格森説。

「真的？」華生翻到3月那一頁，果然，在 **MARCH**（3月）的前面，用鉛筆寫着 **69.3D**。

福爾摩斯聞言，連忙走過來把整個月曆翻看了一遍。不過，除了3月那一頁寫着69.3D外，其他月份的頁面乾乾淨淨的，甚麼也沒寫上。

「69.3D？如果是死者寫上去的話，那又代表甚麼意思呢？」福爾摩斯盯着月曆喃喃自語。

「只是一個數字罷了，不必作無謂的猜測啊。」狐格森說。

「唔……」福爾摩斯沉思片刻後，搖搖頭說，「算了，實在想不出有甚麼含意，我們再到處搜搜，看看能否發現甚麼線索吧。」

「不用了吧？」李大猩不以為然，「我和狐格森在這屋子內外搜過了好幾遍，甚麼也沒找到啊。」

「反正已來了，就讓我看看吧。」福爾摩斯說罷，就在臥室中搜查起來了。搜完了，他又到1樓的其他地方巨細無遺地搜了一遍。然而，這次卻真的是一無所獲。

「看！我不是說了嗎？一點有用的線索也沒有啊！」李大猩趁機挖苦，「這次你這位倫敦首屈一指的大偵探也不得不認輸吧？」

福爾摩斯笑了笑，卻毫不氣餒地說：「外面呢？還有外面未搜啊。」

「外面？」這次輪到狐格森不滿了，「我

們早已搜過了呀！地上沒有可疑的**鞋印**，也沒有**兇器**之類的東西，沒有甚麼可搜的啊。」

福爾摩斯沒理會，他自顧自地下樓走到房子外面，低着頭在前院搜了一遍，又繞着房子仔細地看了兩遍，除了在房子前面的一株大樹的樹腳下看到些**碎石**外，仍是一無所獲。

「**哈哈哈！**」

李大猩又挖苦道，「怎樣？甚麼也沒找到吧？這次我們的大偵探又**輸**了！」

「對，簡直就是輸得**體無完膚**呢！」狐格森也說。

「喂，福爾摩斯是來**幫**你們的，說話該客氣一點啊。」華生看不過眼。

「**哼！**誰叫他不信任我們！」李大猩嘬了嘬嘴說。

「對，是他先想我們**出醜**的！」狐格森說。

「可是——」華生仍想反駁，但福爾摩斯卻大手一揮，制止了他說下去。

然後，他走到剛才看過的那株大樹下，一邊用**放大鏡**檢視着**樹幹**，一

邊緩緩地繞着樹幹走了一圈。

「怎麼了？你在看甚麼？」華生問。

「**看樹皮**。」福爾摩斯指着樹幹的背面
說，「你們看，樹皮有些被**磨損過**的**痕跡**呢。」

「是嗎？」李大猩和狐格森
都緊張起來，慌忙趨前檢視。

果然，樹幹背面的樹皮上，
有些像被**繩子**磨擦後留下的痕跡。而且，那些
一條條呈弧形的痕跡仿似梯級似的一級一級往
上走，直至走到一根**粗壯的樹枝**下才停止。

「為甚麼有這些痕跡呢？」李大猩摸不着頭
腦。

「**攀樹**。」福爾摩斯說，「是用繩子攀樹
留下來的痕跡。」

「**用繩子攀樹？**」狐格森並不明白。

「對。」福爾摩斯説着，一個轉身走回屋內。不一刻，他又拿着一條繩子走了回來。

「剛才在廚房看到這條繩子，正好用一下。」説完，福爾摩斯把繩子繞到**樹幹**後面，然後退後兩步，再把繩子圈到自己背後，並**打了個結**。

「喂，你想幹甚麼？」李大猩訝異。

「回答你的問題呀。」福爾摩斯狡黠地一笑，「**你看着！**」

説完，福爾摩斯雙手緊握着繩圈，只見他腰桿子往後一挫，「**咜**」的一下拉緊了**繩圈**。

然後，他右腿用力一

屋前的大樹

伸，已踏在樹幹上了。接着，他的左腿往上一蹬，「噠」的一聲撐在樹幹上。這時，他利用繩圈的拉力，整個人已凌空**撐**在樹幹上了。

接着，他的腰桿子**—縮—挺**，把鬆開的繩圈在樹幹後往上**一拋一拉**，兩腿先後**—蹬—伸**，又往上攀上了一級。就是這樣，他重重複複地做着這一組動作，眨眼之間，已攀到一根**粗壯的樹枝**下了。

「**柯**——」華生和孖寶幹探不禁同聲驚歎，他們都沒料到福爾摩斯竟然擁有這種奇特的**攀樹功夫**。與此同時，他們亦知道樹幹上的那些痕跡，正是這種攀樹方法造成的。

「**嘿！**看來又有發現了！」福爾摩斯高聲說著，馬上掏出放大鏡往**樹枝的下面**看了又看。

「你看到了甚麼？」華生高聲問道。

「樹枝下面也有被繩子**磨擦過的痕跡**呢！」說著，福爾摩斯一個翻身躍到樹枝上，**小心翼翼**地抓住頭上的另一根樹枝站了起來。當他完全站直後，上面那根樹枝剛好橫攔在他的胸前。

「怎麼了？難道上面那根樹枝也有被繩子**磨擦過的痕跡**？」狐格森高聲問道。

「嘿！你猜得沒錯！」福爾摩斯一邊大聲回答，一邊用放大鏡在樹枝上仔細地檢視，「有一圈被繩子劇烈磨擦過的痕跡，看來有人曾用繩子**綁過這根樹枝**呢！」

「是嗎？難道跟**兇案**有關？」華生高聲問。

「還不知道。」福爾摩斯説着，又往四周看了看。突然，他往對面**另一株樹上的樹枝**凝視了片刻。

「怎麼啦？」李大猩問。

「**我明白了！**」福爾摩斯興奮地叫了一

聲後，把繩圈套回身上，轉眼間就攀下樹來。

「明白甚麼？」李大猩連忙衝前問道。

「稍等一下。」福爾摩斯說着，走到不遠處
的那株樹下，像剛才利用繩圈那樣，迅即攀到
他剛才凝視過的那根樹枝下面。

「怎樣？又有被
繩子磨擦過的痕
跡嗎？」狐格森大聲
問。

「有！不過，這次
的痕跡是在樹枝的
側面！」福爾摩斯說完，看了看頭上的樹枝，
又瞇起眼睛看了看兇案現場卧室的那扇窗。

「怎麼啦？不要賣關子！有發現就告訴
我們吧！」李大猩按捺不住地叫道。

「**好！**」福爾摩斯迅速攀下樹來。

「怎麼了？快說！」李大猩未讓福爾摩斯站

穩，就 **急不及待** 問。

「你聽過 **鐘擺原理** 嗎？」福爾摩斯問。

「當然聽過，就是讓繩子吊着重物，由一邊

擺去另一邊的原理吧。」

「沒錯，兇手行兇的方法就是這樣——」說

着，福爾摩斯掏出筆記本，在

上面畫出 **鐘擺行兇** 的方

法。

密室　殺人

①首先，兇手在繩子的一端綁上**重物**放在地上，然後攀上**甲樹**，再把長長的繩子的另一端綁在**樹枝A**上。

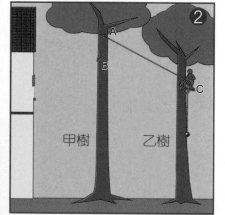

②然後，兇手攀下樹來，握着繩子的中段攀上**乙樹**，並把重物拉到樹枝C上。這時，**樹枝C**的側面留下了被繩子磨擦過的痕跡。

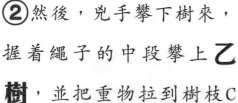

③接着，兇手拉直繩子，令綁着**樹枝A**的繩子跟**樹枝C**成

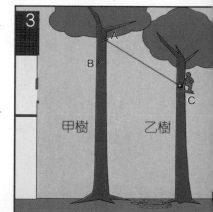

104

一直線，然後剪去繩子多餘的部分，把剛拉上來的**重物**再綁在繩子末端，然後搭在樹枝C上備用。

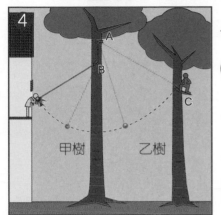

④當布蘭特打開窗伸出頭來時，兇手就在**樹枝C**上放出重物。這時，重物會像**鐘擺**那樣，劃出一條**弧形的軌跡**撞向布蘭特的頭。

⑤**布蘭特**被撞後，馬上向後倒下，並因頭骨爆裂和頸骨折斷而死亡。

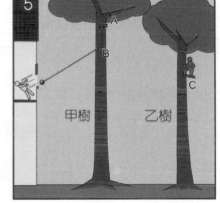

「啊！我明白了！」華生**恍然大悟**，「當布蘭特向後倒下時，被推到上面的半扇窗**失去了支撐**，就會迅即墜下關上，製造出一宗**密室殺人事件**了！」

「沒錯，就是這樣。」福爾摩斯說。

「真的是這樣嗎？」狐格森不同意，「你們沒看到**樹枝A**數呎之下還有一根**樹枝B**嗎？綁着重物的繩子盪過來時，會正好被**絆**了一下，那麼，它的**衝力**就會減弱，未必能撞到布蘭特的頭啊！」

福爾摩斯笑道：「你一定沒聽過**能量守恆定律**了。」

「能量守恆定律？那是甚麼？」狐格森問。

「詳細就不說了，你自己看看物理學的教科書吧。簡單來說，就是當重物在**樹枝C**盪下時，就算途中被**樹枝B**絆了一下，其**衝力**（能量）並不會減

弱，直至盪至與樹枝C反方向的同樣高度後，才會下墜往回盪。」福爾摩斯解釋道，「我剛才在樹枝C上觀察過了，那扇窗與樹枝C差不多高，**人伸出頭來的高度會比樹枝C矮。**所以，重物由樹枝C盪去布蘭特的頭時，衝力仍然甚猛，被擊中後**足以致命。**」

「好複雜的行兇方法呢。」華生感到不可思議。

「是的。」福爾摩斯說，「不過，這個方法是否行得通，還有一個條件，那就是**繩子的長度**必須是：A～C＝（A～B）＋（B～窗戶）。因為，繩子過短就擊不中死者的頭，但繩子過長就會擊中窗子的下方的牆壁了。」

「那麼，繩子的長度符合這條件嗎？」華生問。

「根據我的**目測**，應該符合。但**事關重**

大，必須找人量一量才行。」

「這個很簡單，稍後叫本地警方量一量就行了。」李大猩説，「但綁在繩上的**重物**呢？那是甚麼？既然是重物，為免被人發現，兇手不會冒險抬來抬去吧？他一定會把它**留在附近**呀！」

「對、對、對！重物呢？在哪裏？」狐格森也問。

「嘿嘿嘿……」福爾摩斯狡黠地一笑，「就放在**樹下**呀，你們沒發現嗎？」

「甚麼？放在樹下？哪裏？」李大猩和狐格森大吃一驚，慌忙走到兩株大樹下**團團轉**，除了在甲樹下看到一些**碎石**外，甚麼也沒找到。

「除了些**碎石**外，甚麼也沒有呀！」

「就是那些**碎石**呀。」

「碎石？碎石怎會是重物？」

「一顆兩顆當然不重，但**集合**起來就很重了。」

「集合起來？」

「例如裝在**布袋**裏，就會變成一個足以致命的**石鎚**了。」

「啊！」李大猩恍然大悟，「怪不得布蘭特的額頭和面部佈滿了**細小的傷口**，原來就是這些**碎石**造成的！」

「那兇手也實在太聰明了。」華生佩服地說。

「可是，就算知道兇手怎樣行兇，抓不到他

也沒用啊！」狐格森說。

「是的。我們不如整理一下思緒，看看有沒有辦法從中找出兇手吧。」福爾摩斯說着，道出了以下線索。

①酒保說過，死者喝醉時曾兩次提過一個地名——奧克斯肖特（Oxshott）。

②在MARCH（3月）那一頁的月曆上，寫着69.3D。

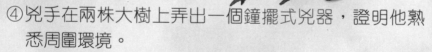

③兇手懂得以繩圈攀樹的絕技，顯示他可能曾經從事林業工作。

④兇手在兩株大樹上弄出一個鐘擺式兇器，證明他熟悉周圍環境。

⑤之前說過，死者可能因苛索過度惹禍，因此他與兇手是認識的。

⑥如兩人認識，兇手在行兇前一定搜過死者的房子，以確認屋內沒有可以追蹤到自己的線索。所以，我們搜遍了房子也一無所獲。

「不過……」福爾摩斯皺起眉頭呢喃，「簡單直接的殺人方法多的是，兇手為何要花那麼多工夫，去弄一個**鐘擺式兇器**來殺人呢？」

「是的，實在想不明白……」華生說。

四人帶着這個疑問，有點失望地離開了兇案現場。

「看來，在有用的線索中，只剩下**奧克斯肖特**這個地名了。」福爾摩斯回家後，馬上取出一本英國城鎮地圖冊來翻看，輕易就找到了這個小鎮的**地圖**。

「看地圖又有甚麼用，就算兇手住在這個小鎮，也不可能

111

知道他的 **門牌** **地址** 吧？」華生說。

福爾摩斯沒理會他，只是專心一致地用放大鏡逐吋逐吋地看起地圖來。

「你這 **鍥而不捨** 的精神實在令人敬佩，但就算地圖給你看出一個洞來，也只會 **徒勞無功** 吧？」

「唔？」突然，福爾摩斯眼前一亮。

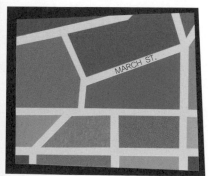

「怎麼了？難道有發現？」華生不禁緊張起來。

「**馬切街(MARCH STREET)**，沒想到這個小鎮竟然有一條以 **月份** 命名的街！」

「甚麼？以月份命名的街？」華生赫然一驚，馬上想到兇案現場的那個 **月曆** 了。

「 **嘿嘿嘿……** 」福爾摩斯在沙發上坐下

來，悠然地點燃煙斗笑道，「看來我這次是**一矢中的**，並沒有徒勞呢。」

「這次你又贏了！」華生佩服地説，「現在，只要破解 **69.3D** 的意思，説不定就能找到兇手的住所了。」

「對，**MARCH** 是一條街道的話，寫在它前面的 **69.3D** 應該就是一個**門牌號碼**。」福爾摩斯輕輕地吐了一口煙，自問自答地説，「不過，門牌號碼不可能有**小數**呀？在小數點後的『**3D**』是甚麼意思呢？」

就在這時，大門被「砰」的一聲推開，**愛麗絲**興奮地走了進來叫道：「福爾摩斯先生、華生醫生，你們看！我這條**新買的裙子**好看嗎？」說着，還拉起裙襬轉了個圈。

「你怎麼變成小兔子了？連門也不敲就**闖**進來。」福爾摩斯不滿地説。

「哎呀，先看看我的裙子再罵吧。」愛麗絲又拉起裙襬轉了個圈。

「很漂亮呢。」華生讚道，「布料看來是**上乘**的，價錢一定很貴了。」

「哼，小女孩買這麼

華麗的裙子幹嗎？**亂花錢！**」福爾摩斯擺出一副毫不欣賞的表情。

「甚麼亂花錢？服裝公司**打折**，比平時便宜了很多啊。」

「花了多少錢？」華生問。

「**3.5鎊**，很便宜吧？」愛麗絲摸了摸柔順的裙子說。

「那麼**原價**是多少？」華生又問。

「原價嗎？我忘了，總之在打**7折**後我付了3.5鎊。」

「哼，只懂得亂花錢，卻連原價也算不出來，太沒用了。」福爾摩斯**語帶不屑**地說。

「你算得出來嗎？」愛麗絲**賭氣**地反問。

「當然算得出，原價是5鎊——」福爾摩斯説到這裏**突然打住**。

謎題①：你知道福爾摩斯怎樣算出原價是5鎊嗎？請動動腦筋計算一下吧。（答案在p.125）

華生看到老搭檔神情有異，連忙問：「怎麼了？」

「**打折！**原來69.3D是打折的意思！」福爾摩斯驚呼。

「打折的意思？」華生並不明白。

「對！這肯定是布蘭特的**密碼**，

他為了避免讓人知道他與勒索對象有任何關連，就用這個方式來記下對方的**門牌號碼**了！D即是DISCOUNT

（打折），暗示**69.3**是打折後得出的數字，只要把它還原，不就能得出一個**整數**嗎？」福爾摩斯説着，連忙抓起一張紙，就在紙上計算起來。

「怎樣？得出結果了嗎？」華生緊張地問。

「得出了！共有 **4個答案**！」

華生連忙湊過去看，只見紙上試算了多條數式，只有4條數式得出整數，它們分別是693、231、**99**和77。

> 謎題②：你知道福爾摩斯怎樣算出這4個整數嗎？請動動腦筋計算一下吧。（答案在p.125）

「看來693、231、99和77都可能是**兇手的門牌號碼**！」福爾摩斯眼底閃過一下寒光，

「只要我們去逐一看看，説不定就能找到兇手

了！」

「甚麼**打折**呀**兇手**呀，你們在説甚麼呀？」愛麗絲氣得直跺腳，「我給你們看新買的裙子，你們卻在玩計數！實在太過分啦！」

伏法受誅

福爾摩斯與華生沒空與愛麗絲糾纏，急急去找李大猩和狐格森一起趕到奧克斯肖特調查。不過，他們在當地一問，立即知道**馬切街**（MARCH STREET）的盡頭是 **80號**。就是說，只有 **77號** 是真的。

為免 **打草驚蛇**，四人與當地警方暗中進行了深入調查，很快就掌握了四個重要情報，並與已知的線索作出了 **對比**：

四個重要情報

①居於馬切街77號的一家三口是一年前從澳洲移居而來，屋主斯圖爾特‧哈斯勒曾在澳洲從事林木業。

②但哈斯勒只是化名，他的真名叫約翰‧馬修斯，年輕時曾在倫敦皇家銀行工作，後來移居澳洲十多年。不過，他與妻兒回流英國後，和以前的親戚朋友不相往來。

③他在倫敦皇家銀行工作時，曾因虧空公款入獄兩年，當時與死者布蘭特是同事。

④這半年來，他去銀行提款時，常常要求提取很多面額1英鎊的鈔票。

已知線索

懂得繩圈攀樹的絕技。

企圖隱藏自己不光彩的過去。

布蘭特的勒索對象。

布蘭特只使用1英鎊鈔票。

120

認定哈斯勒（馬修斯）是疑犯後，李大猩和狐格森馬上把他拘捕了。但哈斯勒死也不認罪，其妻也不相信他犯案，更表示丈夫**看到血也會昏倒**，又怎會殺人？不過，這句證詞反而成為了哈斯勒的**催命符**，解開了兇手為何大費周章，要運用**鐘擺原理**來行兇。因為只有這樣，他才可以在行兇時避開血腥的場面！

於是，福爾摩斯故意把哈斯勒拉去**認屍**，這一招令他隨即崩潰，還未進入殮房就**招認**了一切。

「我去那所小房子實地視察了一下，發現屋前兩株大樹與房子1樓窗戶的**距離**時，我感到簡直是**天助我也**！

因為，這剛好可以讓我利用**鐘擺原理**把那傢伙除掉。不過，我最終動了**殺機**，還是因為不能忍受兒子一直受到**欺凌**……」哈斯勒說到這裏時，激動得全身劇烈地顫抖。

「是嗎？但這也不是殺人的理由呀！何況，把責任推在兒子的欺凌事件上，更是**逃避責**

任的行為啊！」福爾摩斯**嚴詞斥責**，但他想了想，又安慰道，「看來你難逃**伏法受誅**，你兒子的問題就由我來為你處理吧。」

數天後，**大肥貓**和他的幾個跟班上學時，遠遠看到小里奇母子兩人就害怕得**落荒而逃**了。

心情低落的小里奇並沒有看到他們，只是擔心地問：「媽媽？爸爸甚麼時候回家？」

「爸爸要到澳洲出差幾個月，你不用掛心。」吉娜強忍着內心的悲痛**撒了個謊**。

「媽媽……你知道有一個同學常欺負我嗎？」小里奇說，「不過，他最近好像怕了我似的，一看到我就掉頭走。」

「是嗎？」吉娜勉強地一笑，「**他不是怕你，只是怕了一個人。**」

「怕了一個人？是誰？」小里奇訝異地問。

「福爾摩斯，他的名字叫**夏洛克·福爾摩斯**。」吉娜有點精神恍惚地説，「據説他是倫敦最厲害的偵探，是你爸爸……請他來把大肥貓懲戒了一下的。」

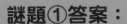

謎題①答案：

假設原價是 X，那麼——

$X \times 0.7（7折）= 3.5$

$X = \dfrac{3.5}{0.7（7折）}$

$X = 5$

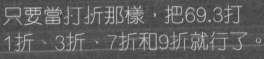

謎題②答案：

只要當打折那樣，把69.3打
1折、3折、7折和9折就行了。

$69.3 \div 0.1 = 693$

$69.3 \div 0.3 = 231$

$69.3 \div 0.7 = 99$

$69.3 \div 0.9 = 77$

科學小知識

【能量守恆定律】

在本集故事中，福爾摩斯糾正了狐格森的看法，認為綁着重物的繩子盪去窗戶時，雖然被樹枝B絆了一下，但仍會撞到布蘭特的頭，並提到這與能量守恆定律有關。

那麼，甚麼是能量守恆定律呢？用一句話說完的話，就是——能量不會憑空出現，也不會憑空消失，所以它只會轉換而不會流失。接着，我們就必須知道，涉及這個案子的能量有兩種，一種是「動能」；一種是「位能」。

簡單來說，它們的定義如下：

動能——物體移動時所擁有的能量。

位能——物體在高處時所擁有的能量。

兇手把重物固定在C的高度（如圖①），那麼，重物就擁有位能了。接着，兇手放開重物（如圖②），重物向下墜就會轉化成動能，盪向從窗中伸出頭來的死者了。

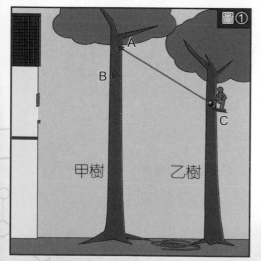

基於能量守恆定律，雖然繫着重物的繩子在中途被樹枝B絆了一下，但它盪向死者時產生的動能並沒有減弱，所以仍會盪至與C點一樣的高度，撞到死者的頭，令他倒下（如圖③）了。

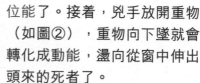

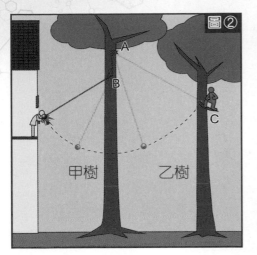

圖②

甲樹　　乙樹

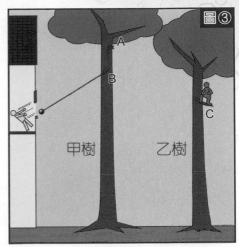

圖③

甲樹　　乙樹

本集p.128-129有一個「單擺實驗」，可以驗證這個理論呢！

福爾摩斯科學小實驗
單擺實驗！

今集兇手行兇的方法很特別呢。

是啊！不如我們做一個實驗，看看是否真的可行吧。

高度A ↑

用木條製作一根圖中的支柱，支柱頂端釘一口釘，再把1條吊着橡膠球（或橡皮擦）的線綁在釘上。接着，在高度A拉一條橫線。

然後，把球拉到高度A。

放手，讓球向左盪過去。

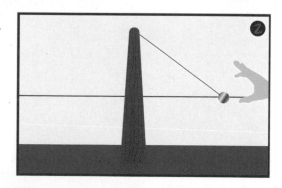

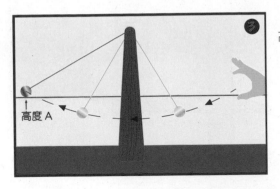

球盪到左邊的最高點也是
高度A。

在第1口釘下面釘上第2
口釘，把球拉到高度A，再
放手讓它向左盪
過去。

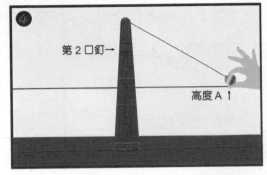

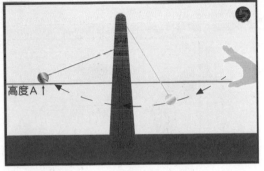

雖然吊着球的線在中途受
到第2口釘阻擋，但球仍會盪
到高度A。

詳情請參閱本集的「科學小知識」。

鈔票①

我燒掉它，馬上又可變回一張。

怎可能？我才不信呢。

唏！回復原狀！

嘿，雕蟲小技。

甚麼？難道你懂魔術？

嘿，當然懂，那叫隔空取物。

不信的話，看看你的口袋吧。

咦？

我的錢包呢？

鈔票②

鈔票在英國叫 BANKNOTE。

我知道呀。

那麼，知道在美國叫甚麼嗎？

不知道啊。

嘿，果然見識少，是叫 BILL 呀。

啊！

是嗎？

我也有張 BILL 給你見識一下呢！

鈔票③

有種紙
又骯髒又常用，
是甚麼紙？

是廁紙！

廁紙用完即棄，
這種紙不會。

用完還會保存嗎？

是，
不過是給人家保存。

啊！
明白了！是鈔票！

最近手緊，
可以讓我為你
保存幾張嗎？

鈔票④

法官大人，
這傢伙印假鈔。

你知道印假鈔
是犯法的嗎？

知道……

知道還去
印假鈔？

我也不想的。

因為印來印去，
都不像真的啊！

大偵探 福爾摩斯

——1 英鎊謀殺案——

小說&監製／厲河
（本故事部分情節出自F．W．克勞夫茲的《The Parcel》，但故事已完全不同。）

繪畫／鄭江輝（線稿）、陳秉坤（草圖、4 格漫畫）

着色／陳沃龍、徐國聲、麥國龍　科學插圖／麥國龍

封面設計／陳沃龍　內文設計／麥國龍

編輯／盧冠麟、郭天寶

出版
匯識教育有限公司
香港柴灣祥利街9號祥利工業大廈2樓A室

承印
天虹印刷有限公司
香港九龍新蒲崗大有街26-28號3-4樓

發行
同德書報有限公司
九龍官塘大業街34號楊耀松（第五）工業大廈地下
電話：(852)3551 3388　　傳真：(852)3551 3300

想看《大偵探福爾摩斯》的
最新消息或發表你的意見，
請登入以下facebook專頁網址。
www.facebook.com/great.holmes

購買圖書

第一次印刷發行
Text：©Lui Hok Cheung
© 2023 Rightman Publishing Ltd. All rights reserved.

2023年7月
翻印必究

ISBN:978-988-76232-6-7
港幣定價 HK$68
台幣定價 NT$340

若發現本書缺頁或破損，
請致電25158787與本社聯絡。

網上選購方便快捷　　購滿$100郵費全免
詳情請登網址 www.rightman.net